P9-AOS-579

La hora de Contar cuentos Story Time

Bonnie Phelps

traducido por / translated by

Eida de la Vega

ilustrado por / illustrated by
Aurora Aguilera

PowerKiDS press.

New York

Published in 2017 by The Rosen Publishing Group, Inc.
29 East 21st Street, New York, NY 10010

First Edition

Managing Editor: Nathalie Beullens-Maoui
Editor: Caitie McAneney
Book Design: Michael Flynn
Spanish Translator: Eida de la Vega
Illustrator: Aurora Aguilera

Cataloging-in-Publication Data

Names: Phelps, Bonnie.
Title: Story time = La hora de contar cuentos / Bonnie Phelps.
Description: New York : Powerkids Press, 2016. | Series: It's time = La hora de… | In English and Spanish. | Includes index.
Identifiers: ISBN 9781508152323 (library bound)
Subjects: LCSH: Storytelling–Juvenile literature.
Classification: LCC GR74.P54 2016 | DDC 808.5'43 –dc23

Manufactured in the United States of America

CPSIA Compliance Information: Batch #BS16PK: For Further Information contact Rosen Publishing, New York, New York at 1-800-237-9932

Contenido

Contents

Mi abuela me pide que elija un libro.

My grandma asks me to pick out a book.

4

¡Es la hora del cuento!

It's story time!

A abuela le encanta leer.
¡Tiene cientos de libros!

Grandma loves to read.
She has hundreds of books!

Elijo un libro acerca de los animales del bosque.

I choose a book about animals in the forest.

¡Tiene un oso en la
portada!

There's a bear on
the cover!

9

Abuela dice que los libros nos enseñan mucho.

Grandma says books can teach us a lot.

Aprendo sobre venados y serpientes.

I learn about deer and snakes.

Después, elijo un libro de cuentos.

Next, I pick a storybook.

Es acerca de un
conejo gracioso.

It's about a
funny rabbit.

13

Me gusta cuando abuela me lee.
Usa diferentes tonos de voz para
los diferentes personajes.

I like when Grandma reads to me.
She uses different voices for
different characters.

También me gusta mirar las ilustraciones.

I like to look at pictures in books.

¡Hacen que el cuento cobre vida!

Pictures make the story come alive!

Abuela inventa un cuento.

Grandma tells me a story.

18

Es acerca de una princesa que era muy valiente.

It's about a brave princess.

19

Yo invento un cuento acerca de un búho.

I make up a story about a scared owl.

¡Inventar cuentos es divertido!

Making up stories is fun!

¡Me encanta la hora del cuento!
Cada libro tiene una historia que contar.

I love story time! Every book has a story to tell.

Palabras que debes aprender
Words to Know

(el) oso
bear

(el) conejo
rabbit

(las) serpientes
snakes

Índice / Index